코브라

이 도서의 국립중앙도서관 출판예정도서목록(CIP)은 서지정보유통지원 시스템 홈페이지
(http://seoji.nl.go.kr)와 국가자료종합목록 구축시스템 (http://kolis-net.nl.go.kr)에서
이용하실 수 있습니다.
(CIP제어번호 : CIP2020021342)

코브라

2020년 5월 25일 초판 1쇄 인쇄
2020년 5월 29일 초판 1쇄 발행

지은이 | 이정환
펴낸이 | 孫貞順

펴낸곳 | 도서출판 작가
(03756) 서울 서대문구 북아현로6길 50
전화 | 02)365-8111~2 팩스 | 02)365-8110
이메일 | morebook@naver.com
홈페이지 | www.morebook.co.kr
등록번호 | 제13-630호(2000. 2. 9.)

편집 | 손희 박영민 설재원
디자인 | 오경은 박근영
영업 | 손원대
관리 | 이용승

ISBN 979-11-90566-09-4 03810

잘못된 책은 구입하신 서점에서 바꾸어 드립니다.

값 10,000원

코브라

이정환 시조집

작가

■ 시인의 말

네가 끊임없이 나인 것을 나는 쉼 없이 숨 쉬면서 느낀다.

2020년 늦봄

이정환

차 례

2부 강철 타건

3부 먹장구름에게

4부 많은 목소리 중에

5부 비바체

시인의 산문

1부 월류봉

초록

석 달 열흘 동안 속 깊이 잉태했다가

대지 위로 뿜어 올린 겨울은 잠적해도

초록은 어머니 품을 잊지 않을 것이다

무성히 우거지면서 숲을 이룬 온 누리

내리쬐는 볕살 속으로 숨 쉬는 이파리들

초록은 돌아갈 날짜 잊지 않을 것이다

요즘 되네

글 몇 편 써 보내자
요즘 되네
그러네

난 항상 되는데
어제 오늘 늘 되는데

함께 간
소동파 뒤란
불현듯 떠오르네

그러네 요즘 되네
눈만 뜨면 원고지 앞

뾰족이 펜 세우고
사위를 둘러보네

함께 간
성산 일출봉
그 그늘이 깊어서

건천휴게소

가다가 멈출지니, 비 듣는 건천휴게소

산은 구강산
보랏빛 석산

불현듯
떠오른 시구
경상도 가랑잎 같은

달을 밟았다

달빛이 보얗게 부서지는 길 한복판
파닥 파닥파닥 날아오르다 내려앉는
잘록한 몽당연필만한 땅강아지 한 마리

무엇을 보고 있나요, 누군가 물었다
그는 뾰족하고 높은 굽을 가진 이
잠시 후 무언가 토옥 밟히는 소리 났다

바람에 달빛이 부서지는 울음일까
풀물 밴 돌멩이가 차이는 울음일까
아뿔싸, 땅강아지였다 흙빛 닮아 뭉클한

수성못

잠들기 전 생각한다, 그가 잠들었을까
일어나며 생각한다, 그도 일어났을까

물든 잎 바라보다가
물들고 싶은 아침

모든 것의 모든 것인 눈물의 항아리
은빛 물결에 닿는 바람의 푸른 입술

어디쯤 멈춰 섰을까
먼 산머리 해거름 녘

때 없이 생각한다, 눈 시리게 치는 물결
오색 분수 속으로 함께 솟구쳐 오르는 꿈

구름이 내려앉을 때
훨훨 날아오르는 못물

코브라

끊어내어야 하겠구나 끊어 버려야겠구나

끊어낼 수가 없구나 끊어낼 길 없구나

대가리 높이 쳐든 채 꼬리 잡힌 저 코브라

층

층으로 온기삼고 층으로 사색한다

눈감고 글을 쓴다, 꿈의 자락 밟는 밤

미늘에 찢긴 언어를 앞섶으로 품는다

땅에 뿌리내린 층, 하늘 떠다니는 층

천애에 이르렀다 챌린저 해연까지

미늘에 찢긴 언어를 눈물로 치유한다

수평론

두 바퀴 사이에는 일정한 거리가 있네

그 간격 이등분한 한 면으로 휘몰아친

맹렬한 돌개바람이 한 바퀴만 붙들었네

활주로에 내리려다 급가속한 에어부산

코타키나발루를 떠나 불시착한 브루나이

일정한 거리가 있네, 두 바퀴 사이에는

겨울 피아노

들판 한가운데 자리한 피아노
덮개가 하늘로 천천히 열리자

기다란
발가락들이
공중을
연주한다

왜가리 까마귀
까마귀 왜가리

푸드덕 날아올라 우듬지를 넘을 때

카랑한
하늘 속으로
비발디
퍼져나간다

최후의 책

난도질이 되었다
뼘 남짓 얄팍한 책

잘려나가 버렸다
가위질에 싹둑싹둑

그 속에
머물던 언어
검은 피를 흘렸다

밤의 해변에서 함께

뚜렷한 방향이 정해지지 않은 해변은
오랫동안 걷기엔 매양 안성맞춤인 곳

그 누가
입에 올릴 꺼나
사랑을 입에 올릴 꺼나

파도는 어김없이 왔다가 되돌아가고
천지는 어둠뿐 돌아볼 수 없는 밤

그 누가
노래할 꺼나
별리를 노래할 꺼나

온타리오호

어서 들어오라고
바닥을 짚어보라고

귓가에 조곤조곤 속삭이는 온타리오호

더 이상
물러서지 말라고
몸을 던져보라고

흰 공은 언제나

흰 공은 언제나
좌우로 날아간다

그곳에 모서리가 있어 그리로 날아간다

위험해
뿔은 위험해
그래도 그곳뿐이야

연신 어지럽게 흰 공을 밀어붙이면
멀리 달아나거나 용케 빗맞는 에지

좌우에
위험한 뿔이
도사리고 있어도

시여 꽃을 뱉어라

–김수영론

시여 침을 뱉어라
시여 꽃을 삼켜라

살아 있음은 빛 부신 무한 형용의 세계

자신을
드러내버려
울다가 곧 웃던 이

월류봉

꽃이란 꽃 다 피워놓고 바람까지 초대한 봄의 불꽃 속 내 헤아릴 길 좋이 없어 소리쳐 흐르는 물에 뛰어내리는 꽃발자국

네가 저 봉우리라면 나는 그 발밑 강물 즈믄 해의 깊이로 함께 할 수 있으니 발가락 하나하나씩 어루만질 것이다

속속들이 스미어 곳곳에 스미어들어 내 몸의 푸른 피 네 영혼 적시나니 네가 저 봉우리라면 나는 그 발밑 강물

천지연폭포

테너에는 테너라는
사내가 살고 있지

바리톤에는 바리톤이라는 사내가 살고 있지

천지연
너럭바위에 서서
이중창을
펼칠 때

2부 강철 타건

탄사彈絲

포자를 퉁기어 흩는
퉁기어 날려 버리는

끈 모양의 세모체
가늘고 긴 쇠뜨기

튀김실
탄력으로 솟는
탄력으로 숨을 잇는

골고다 언덕

두 발 들어 올리면
죄는 땅에 더는 없네

발붙이지 못하네
이제 공중의 일이니

십자가
못 박힌 채로
높이 들려졌으니

시인

펜을 달구어
글을
볶는다

터지며, 끙끙 앓으며 밤이 이슥토록

알전구
불빛 아래서
글을 들들 볶는다

강철 타건
—마르타 아르헤리치 여제

순간의 덧없음을 날카롭게 받들어

매양 외쳐댄다, 살아가고 살게 하라!

건반이 부서지도록 맹렬히 내리친다

열 손가락에 실린 자아 그리고 세계

두들겨서 피워 올리는 극지의 오로라

귀먹은 이에게까지 그 선율은 들린다

옆옆

옆이었으면 하는데 한 칸 건너 옆옆이다
재봉선과 재봉선이 옆으로 닿을 수 없는

옆옆은
천리 건너라
범접치 못할 거리

옆이어도 옆옆이어도 한 공간 한 하늘
같은 바람 들이키며 곁눈질할 수 있어

눈가에
핑, 눈물 도는
어느 하오 꽃자리

목련이용소

다섯 평 남짓한
이용소 앞에 서면

사각사각 가위질 소리
머리카락 잘리는 소리

목련꽃
송이 송이가
바닥에 닿는 소리

마흔 여섯 해를
손에 묻힌 머리카락

예순하고도 다섯 살
이마 훤한 이발사

목련꽃
떨어뜨리는 소리
귀 기울여 듣는다

슬럼프를 슬픔이라고

슬럼프를 슬픔으로 읽고 싶을 때 있지

난데없이 산란한 밤 슬픔처럼 슬럼프는
온몸에 스며들어와 곧 캄캄해지곤 했지

그 가을 장흥앞바다 옥빛 물결조차도
슬픔을 떠올리기 전 다만 황홀이었지

슬픔을 슬럼프라고 얘기 하지 마, 더는

사각지대

–기생충

일순 비틀거나 굴절 끝에 부러뜨리는
잉여와 이질과 타자의 사각지대
뒤집다 흔들어대다 부여잡으려 한다

도드라진 카메라 시선 검은 폭력의 욕망
바나나 게걸스럽게 먹어치우는 한 사내
미친 듯 웃어대는 소리 지하 벽을 울린다

광기어린 살인마 기묘한 저 춤사위
철저히 가둬버리고 야만의 피를 끓이는
폭압에 굴절된 벙커 불빛 새어나간다

중혼일기

영상 속 효리와 그의 남편 상순은
컵과 커피포트로 서로 얼굴을 가리고

다정히
장난을 친다
일상의 일상이다

어느덧 중혼일기 쓰는 중이라며
웃음보 터트리고 뒤돌아서던 효리

어깨를
기대고 앉아
파도소리 듣는다

장백폭포

멈춰야 할 때를 이젠 궁구할 일이다
놓쳐서는 아니 될 일도양단의 순간

폭포는
두 갈래 길로 무한낙하 중이다

떨어져 내리면서 펼치는 흰 비단자락
두 갈래 흰 비단자락 일체를 꿈꿀 때

폭포는
희디흰 뼈대 눈부시게 세운다

역습

갖은 바이러스와 살고 있는 박쥐는
인터페론 단백질로 자신을 지켜낸다
갈 때와 머무를 곳을 늘 잊지 않는다

동굴 속 박쥐는 자가 격리 중이다
바깥, 세상으로 퍼뜨리지 않으려고
굴속에 꼭 붙어 있다 밤에만 비상한다

어둠을 짓쳐가며 천장까지 기어올라
박쥐의 피와 살로 욕망을 채우나니
온 누리 코로나19 오, 처절한 역습이다

발 앞이 눈부시다면

늘 네 발 앞에 납작하니 엎드려 있다

보낸 적 없는데 늘 거기 당도해 있다

발 앞이 눈부시다면 바로 그 때문이다

돌 속에 돌 박히듯 깊숙이 인 박히어

채 맞닥뜨리지 못할 별빛타래 자주구름

세모시 흰옷고름이 풀려나올 듯 얼비쳐

누하동 연가

그는 누상동을 머리에 이고 산다

오래된 마을 어귀
낯익은 골목길 돌아

천천히
걷다가 보면
환한 그가 보인다

그는 누상동을 이고 살면서도
무거움을 전혀 느끼지를 못한다

꿈속에
찾아온 이가
떠받치고 있기에

산정의 바이올린

해발 400미터
최정산 한 모롱이

양지바른 무대 위
부신 벚꽃 드레스

울리는
넬라 판타지아
천지간엔 흰 눈발

카랑한 노랫소리
뭉게구름에 닿아

흰 슬픔 푸른 슬픔
하나로 어우러져

눈부신

환상 속으로
벚꽃잎 흩날린다

귀환

스무 해 떠돌다가 당도한 이타카
남편 율리시스 못 알아본 페넬로페

어떻게 돌아온 걸까
트로이
전쟁터로부터

세상 떠난 지 스무 해를 지나
통영에 뼈 묻은 작곡가 윤이상

어떻게 돌아온 걸까
베를린
전쟁터로부터

3부 먹장구름에게

누 떼 지난 후

아픈 것을 아프게
바라보는 아픔이

서녘 창
문설주에
노을로
내려앉아

슬픔을
대동하고 온
눈동자를 적신다

네 안에서

사각의 링 안에서
날렵하게 뛰던 그

적수가 없어서 자신이 곧 적수였던

레너드
수가레이 레너드
여태 푸드 워크 중이다

구획화

눈앞에서 사람들이 저리 죽어나가도
어찌해 눈 하나 깜짝하지 않나요?
빗금 친 경계 밖에서 살펴야 하니까요

그렇지 아니 하면 감당치 못하지요
내가 온전해야 치료가 가능하니
빗금 친 경계 밖에서 눈을 크게 뜨지요

섭지코지 가을

해 지는 서녘으로
따각따각 말발굽소리

억새풀 우거진 어귀 땅의 건반 두드리듯

따가닥
말발굽소리
서녘 하늘
적신다

온타리오호

펜을 들어 하늘에
카랑카랑 쓰는 일

저 호수의 출렁거림과 무엇이 다르랴

저 잎들
붉어지는 뜻과
무엇이 또 다르랴

단풍은 타오르며
아래로 내려가고

마음은 우듬지 너머 하늘로 치솟는다

불멸의 문 앞에 선 듯
적멸 그 경계에 선 듯

먹장구름에게

섬뜩한 몇 구절 끝에 이냥 서늘해지누나

구겨 넣은 것 아니라 홀연히 흘러나온

그 노래 끝자락에 닿아 사뭇 서늘해지누나

신명에 사로잡혀 신들린 너의 춤사위

눈앞에 몰려와 부풀어 오른 먹장구름

파묻혀 서늘해지누나 알 듯 말 듯한 노래여

산정호수

정수리에 못물 이고
하늘까지 당겨 이고

저렇게
출렁이는 일
설렘이
넘치는 일

또 어느
가슴 속에서
끄집어낼
것인가

앉은뱅이책상의 밤

앉은뱅이책상과
마주하고 앉으니

보이네, 이곳저곳 쓴 글의 까끄라기

어둠이
더욱 짙어져
마음에 밀물들 녘

사라오름 복사뼈

거기에 그렇게 고여 있을 줄 몰랐다

사라오름 맨 꼭대기 둥그렇게 패인 곳

못물에 두 발 담그고 잠겨갈 줄 몰랐다

온몸으로 뛰어들자 온몸으로 받아 안는

사라오름 옥빛 못물 넘칠 듯 출렁일 때

희디흰 맨발의 복사뼈 구름밭에 닿았다

가인

아지랑이
실타래로
옷 한 벌
지어입고

먼 산모롱이 돌아 발길 곧 멈춘 이

못물 속
초록 잎사귀
한 잎
두 잎
건진다

금강송길

낮달은 쫓아오며 돌아보라 이른다 등 뒤에 귀대고 이쪽이냐 외치면서 가던 길 돌아보라고 애써 눈짓 보낸다

그는 산 속으로 산속으로 가고 있다 낮달도 미소 지으며 연신 따라가고 있다 무수한 입맞춤 끝에 못물 저리 떨리는데

꽃향기 머금은 덩굴찔레 붉은 비탈 바람소리 새소리에 가지마다 물이 올라 숲으로 솔숲으로 오라 나직이 부르는 소리

간刊

하염없는 날이면
천천히 받아쓴다

간 간, 간이라며 목판에 아로새기듯

백지에
옮기는 동안
뇌리에 박히는 섬광

일간 주간 월간
격월간 계간 연간

쓰는 이의 들렘을, 찍는 이의 신산을

백지에
새기는 동안
새벽달이 이운다

검은 절벽

제대로 미쳐버려 온전해진 한 사람
그를 만났지, 검은 숲에 매몰된 이
수없이 미끄러져도 또다시 치솟는 이

그것은 검은 절벽 삼단머리 같은 것
검은 숲과 같은 것 빙벽과도 같은 것
차디찬 폭포수 속의 꽃사태와 같은 것

엉물

바위는 밤낮없이
물을 흘려보낸다

엉엉엉 목청 높이자
물물물 흘러나오는

저 엉물
앞에 선 너는
바위인가
물인가

벽

—랜디 포시

167센티미터 높이 그것은 장벽이다

도저히 넘지 못할 높다란 장벽이다

백년을 버티고 섰을 견고한 장벽이다

그 높이는 또한 타오르는 불의 기둥

멈출 수 없는 희망 꿈꾸게 하는 이상

오백년 그대로 섰을 백향목 장벽이다

바위도 꽃잎을 가슴으로 받는다

창덕궁 주위 맴도는
수천수만 바람꽃잎

창경궁 주위 맴도는
뭉깃뭉깃 구름기둥

운현궁
조금 못 미처
작달비로 내린다

너는 도무지
창덕궁 못 떠나고

너는 애오라지
창경궁만 기웃대니

바위도

꽃잎 불러내려
제 가슴에 앉힌다

4부 많은 목소리 중에

다색

–윤형근, 1980

비스듬히 기울어진

여섯 개의 흑색기둥

가슴으로는 도무지

받아 안지 못할 폭거

검정색 피를 흘리며

쓰러지던 흑색기둥

산

—윤형근(1928–2007)

마냥 단순했지, 종생토록 그의 화면

험준한 산으로 가득했지, 그의 내면

끝없이 꿈틀거렸지
꿈틀대며 치솟았지

종달리

끝에 이르러서야 성산 일출봉을 본다

끝이 아니구나 정녕 끝이 아니었구나

종달리 둥근 당근밭 혼자 중얼거린다

가던 구름이 잠깐 당근밭에 내려오자

그곳에 집 한 채 들어서는 것 보인다

한끝에 이르러서야 다시 철썩이는 파도

구성

–이응노의 '군상들'

무엇을 말하려고 하는가, 묻는 순간
운무가 내려와서 화면을 뒤덮나니

천천히
걸어 들어가
스며들어 버린다

수천수만 군상 뛰고 또 달리는 화면
표정을 살피거나 속내를 알 길 없어

그 속에
뛰어 들어가
덩실덩실 춤춘다

성산 일출봉 2

아무래도 머리맡에 일출봉을 둬야겠다
해를 불러 머리맡에 앉혀둬야 하겠다

일출봉
그늘에 누워
잠이 드는 이즈음

뭐라 뭐라 말할 때 두 귀 쫑긋 세우고
유채꽃밭에 내려온 당신을 바라본다

해 불러
머리맡에 두고
꿈 이야기 해야겠다

많은 목소리 중에

많은 목소리 중에 네 목소리만 들려

네 목소리만 언제나 또렷이 들려와

내 귀는 네 목소리만 속히 받아들이지

네 목소리 담고자 속속들이 새기고자

내 귀는 열려 있지 둥글게 열려 있지

심부에 돋을무늬로 돋을새김 이루지

하이터치

그는 네게로 쉼 없이 눈길을 건넨다

한참 먼발치서 한없는 따사로움으로

마음을 밀어 보내어 어깨를 쓰다듬는다

남 저음 목청으로 귀엣말을 건넨다

복사꽃 꿈길이라고 무궁무진 사랑이라고

귓전을 타고 내려가 폐부 깊숙이 전한다

복사꽃 속으로

복사꽃 건너가자 복사꽃강물 건너자
다가선 꽃 앞에 눈웃음 지어보자
저 꽃을 더 보겠느냐 먼 후일 그날처럼

손에 꽃을 받아보자 손바닥에 꽃잎 받자
머리에 꽃을 받자 정수리에 꽃잎 받자
말없는 꽃바람 앞에 앙가슴 풀어헤치자

바위에 붙은 꽃잎 바위의 가슴이지
바위의 눈빛이지 바위의 꿈빛이지
바위도 봄바람 앞에 들썩들썩 들레지

꽃 속으로 들어가서 복사꽃 가지가 되자
즈믄 꽃잎 물고 선 복사꽃 가지가 되자
땅속에 꿈틀거리던 모든 기운 꽃으로 핀

모든 숨결과 바람 모든 꿈이 꽃으로 벙근
모든 그리움과 모든 설렘이 꽃으로 벙근

복사꽃 비탈에 누워 갈맷빛 하늘 우러르자

산비탈마다 꽃바람 산비탈마다 꽃물결
가슴 미어지도록 미어터지도록 복사꽃잎
네 속에 들어와 앉은 적벽에 날아와 붙지

수천수만 꽃송이 나비 떼로 날아올라
중천을 뒤덮을 때 들끓어 오르는 봄밤
복사꽃 속으로 잠겨 곤한 잠에 들지니

복사꽃 건너가자 복사꽃강물 건너자
다함없는 꽃 앞에 눈웃음을 건네자
꽃가지 휘어지도록 달빛이 희디흰 밤

사막을 젓는다

나무 주걱으로
참깨를 볶는다

산마루가 되었다가 골짜기를 이루는

달궈진 모래알들은
높이 뛰어오른다

타오르는
참깨언덕
타오르는
모래언덕

사막을 젓는 동안
한순간 재빠른 일몰

용케도 건너온 하루
함께 볶이며 치뛴다

해거름 녘

그렇다, 모든 것은 며칠만의 일이다
그가 다녀간 것도 곧 땅에 묻힌 것도

요 며칠
지나는 사이
일어난 일이다

무언가 살피느라 한나절을 보내고
노을빛 웃음살 나리꽃 곁에 서서

요 며칠
어찌 살았는지
되묻는 해거름 녘

성산 일출봉 3

항시 떠나가지만 늘 거기 그 자리인 것은
저렇게 우두커니 서서 꿈꾸기 때문이다

항해의
출발점이자
도착점인 일출봉

그늘 속의 그늘

왜 너는 그늘 속의 그늘이 되려고 하니?

서늘해지려고 하니?
내처 어두워지려고 하니?

햇빛이
들여다보며
찡그리고 앉은 대낮

그 밭을 산다

-천국은 마치 밭에 감춘 보화와 같으니 사람이 이를 발견한 후 숨겨 두고 기뻐하며 돌아가서 자기의 소유를 다 팔아 그 밭을 사느니라.(마태복음 13장 44절)

소유를 다 팔아서
그는 그 밭을 산다

겉보기엔 평범해도
그 속은 다르기에

자신의 모든 것 모아
그는 그 밭을 산다

그가 그를 믿는 것
그 밭 사는 일이다

길과 진리 생명
그는 곧 빛의 아들

그 분을 좇는 그 일로
그는 그 밭을 산다

온타리오호

언제부터였던가 너는 내 모든 것이 되어
물 위에 내린 달빛 함께 바라보았지

잊지 마
놓치지를 마
한시도 멀어지지 마

두 손 깍지 끼고 두 눈 이윽히 마주하고
한 곳만 보자고 한 생각에만 붙들리자고

망망한
온타리오호
노를 힘껏 저어 갔지

접시꽃

접시를 빚어서
꽃잎처럼 빚어서

초록 줄기마다
다닥다닥 매달자

길 한 쪽
저리 훤하다
그 길 따라 가고 싶다

볕에 단련될수록
더욱 눈부신 꽃

떼 내어 쓸 수 없는
접시들은 붉어서

그 앞에

우두커니 서서
뙤약볕을 받는다

봄 파스텔화

색으로
퍼붓는
부르짖는
울부짖는

색으로
울먹이는
휩쓸리는
소용돌이치는

머무는
번지는, 퍼지는
여울지는
불붙는

5부 비바체

아포가도

아이스크림 봉우리에
덧씌운 에스프레소

달고 차가운 것이 혀끝으로 넘어가

목구멍
그 깊숙한 곳으로
스미어드나니, 당신!

희망교

희망하기 때문에 희망교를 지난다

절망이 희망 되고 희망이 절망 되는

새봄을 디뎌 밟고자 희망교를 지난다

어제 그때 그 자리 꽃을 살피던 이

오늘 아니 보여도 희망교를 지난다

애타는 봄꽃 앞에서 애간장 다 타들며

노르망디 노르망디

발 앞에 놓인 화환
에두아르 샤를 필리프…

해변에 일렬로 섰네
참전국 지도자들이

어느덧
일흔 다섯 해
죽은 이들
찾아온 날

플라나리아

어떤 형태로 잘려도
원상태로 돌아가는

완강한 힘으로
원상태로 돌아가는

기억을
잃지 않는 너
뇌마저 재생하는

잘리고 또 잘려도
그대 발 앞의 무지개

그대 발 앞의 바위
그대 발 앞의 영혼

눈부신

일도양단을

무한정 꿈꾸는

노르망디

그는 마침내 상륙작전을 감행한다

당신이 발 딛고 선 언덕에 닿기 위해

해변에 배가 멈추자 모래톱을 닫는다

노르망디 노르망디 꿈에도 그리던 곳

당신이 발 딛고 선 언덕이 나타나자

해맑은 웃음소리가 창공을 깨뜨렸다

비바체

그것은 템페스트
거센 폭풍우였다

건반 위로 넘쳐흐르는 소용돌이 비바체

어디쯤
솟구쳐 오를지
내리꽂힐지도 모를

모든 것은 불가항력 모진 침강이었다

당신이 내게로
치닫던 그날처럼

폭풍우
폭풍우였다
귓전을 퍼붓던 베토벤

주석

라헬을 얻었다고
무장 기뻐했는데

눈 뜨자 옆자리에
레아가 누워 있었다

그것이
인생이라고
누군가가 말했다

압살롬전

–사무엘하 18장 9~18절

너는 그날 그 수풀을 노새 타고 달렸지
무성한 큰상수리나무 가지 아래 지날 때
기름진 치렁한 머리 나뭇가지에 걸렸지

노새는 그 아래로 속히 빠져나가버리고
공중과 땅 사이에 대롱대롱 매달린 채
마침내 그늘진 허공 한 줌 공허가 되었지

상수리나무 가운데서 창에 찔린 네 심장
구덩이에 버려져 돌무더기로 뒤덮일 때
온 숲은 울음소리로 끓어 오르고 있었지

낌세는 벚꽃가지에

낌세라는 말이 새로이 태어난 건
벚꽃 때문이다, 스무 살 무리 때문

부끄럼
무릅쓰고 앉은
한 사내 덕분이다

무한정 피어올라 무한정 웃음 짓는
스무 살 꽃무리와 초로의 한 사내

낌세를
벚꽃가지에
가만 올려놓는다

석류꽃 호랑나비

한 순간 꽃송이에
앉았다 떠난 호랑나비

꽃은 떨면서 잠시
아래위로 흔들렸네

천년에
한번 올까말까 한
그 입맞춤
잊지 못해

한방과 잔방

누구나 언제든
한방을 노린다

일시에 모든 것
죄다 얻고자 하여

잔방이
더 무서운 것
생각하지 못한다

쉬엄쉬엄 내리는
가랑비에 옷 젖듯

미미한 듯해도
연해 내지르는

그 주먹

대미지인 것
뒤늦게야 깨닫는다

언덕

1
자본주의 인간에서 시다운 인간으로
늦게 눈뜨고 일찍 잠드는 나태함으로

시 한 편
붙들어 앉힐
높은 언덕
세운다

2
침묵이 비빌 언덕
고독이 비빌 언덕

어둠이 비빌 언덕
불빛이 비빌 언덕

시 한 편

불살라 버릴
낮은 언덕
세운다

스타니슬라프스키

연설조의 장광설
감상벽과 과장됨

틀에 박힌 매너리즘 물리쳐 버리고

어느 날
사실주의자로서
연극을 시작했지

내적 진실 외적 진실
그 틈의 복잡한 관계

더불어 배우의 주관적 심리적 상태와

외형적
육체적 표현
그 관계에 몰두했지

영감을 받는 순간
곧 분명해지는 기지

자유자재로 발휘할 묘안을 찾아서

부단히
궁구하였지
메소드
메소드여

*스타니슬라프스키: 러시아의 배우 · 연출가 · 제작자

그리 먼 곳 아니리

평양과 서울 사이 그리 먼 곳 아니리
그리 먼 곳 아니어도 그리 먼 곳이었네
일흔 해 떨어진 채로 캄캄 어둠이었으니

10초간 디뎌 밟았네, 북녘 땅 애틋한 흙
서로 손 맞잡고 눈빛 맞추어 보았네
일흔 해 어둠의 장막 순식간에 찢겨져내려

카랑하니 열린 하늘 눈 시리다 말지니
그리 먼 곳 아니어도 먼 곳이었던 남북
새소리 숲속에 앉아 긴한 밀어 나눴으니

첫겨울

그가
말하던 것과
그가 미소 짓던 일

하루아침에 이슬처럼 증발해 버리자

바람에
휩쓸려 떠는
마른 잎만
보인다

코브라

1.

1969년 가을.

문학 인생에서 중요한 기점이다. 그로부터 내 글쓰기가 시작되었기 때문이다. 무슨 운명처럼 다가온 그 가을 이후 나는 일평생 시앓이를 하고 있다. 중학교 3학년 때였으니 모든 것이 다 막막할 무렵이었다. 그때부터 나의 글쓰기는 뜨겁게 불이 붙었다. 그 불길을 여태 꺼뜨리지 않고 있다. 목숨을 건 일이었다.

고등학교에 진학한 후 3년 동안 나는 대학노트에 끊임없이 글을 썼다. 쓰지 않고는 배기지 못할 내적 요구 그 열망을 외면할 수 없었기 때문이다. 들끓는 마그마를 분출하지 않고서는 일거에 폭발해버려 내 몸이 산산조각이 날 것만 같았다. 하여, 죽지 않기 위해 썼다. 세상 모든 문제를 다 끌어안고 고민을 거듭하던 시절이었다.

예이츠와 라이너 마리아 릴케, 버지니아 울프와 전혜린을 만났다. 그들의 고뇌를 얼마나 알아차리기나 했을까. 극심한 퇴폐주의에 빠져 허덕이던 나는 문학이, 시가 내 영혼을 구원하리라고 굳게 믿었다. 그렇지만 시 쓰기는 고통을 더하는 일이었다. 시로 말미암아 더 깊은 어둠 속으로, 나락으로 떨어져 내렸다. 마지막 호흡의 순간까지 다다랐다. 곧 눈앞이 종언, 죽음이었다.

2.

한때 스무 살 이전에 내 인생의 막이 내려질 것이라고 생각했다. 잔존자가 되기 싫었다. 살아갈수록 허무함뿐이라고 단정했다. 그러므로 전혜린처럼 '이 모든 괴로움을 또 다시'되풀이할 수는 없노라고 자탄을 거듭했다.

2020년 여름.

1969년으로부터 쉰 한 해가 지났다. 아직까지 나는 엄연히 살아 있다. 앞으로도 부단히 살아갈 것이다. 그동안 불같이 글을 썼고, 적잖은 책을 묶었다. 글은 일부가 아니라 곧 나 자신이었다. 불굴의 영혼이자 신성한 몸이었다.

3.

나는 시를 생각할 때마다 시편과 아가서를 떠올린다. 말 못할 아름다움과 사랑의 결정체 앞에, 보고 앞에 숙연해진다. 소월과 목월, 김현승과 박인환을 기억한다. 특히 다형의 시가 좋다. 그 절절한 신앙고백을 사랑한다. 김종삼을 자주 그리워한다. 그는 신비의 시인이다. 고등학교 시절, 가지 않은 길의 로버트 프로스트가 준 울림은 아직도 내 안에 쟁쟁하다.

처음 신앙생활을 시작할 때 톰슨성경을 겉장이 다 닳아 헤어지도록 읽은 적이 있다. 성경에 등장하는 인물들은 다양하다. 각양각색이다. 수많은 이적이 일어나고 있다. 어느 한 순간 그 모든 것을 송두리째 믿게 되었다. 그 이후 한 번도 의심하지 않았다. 더할 나위 없는 은총이다.

말씀은 언제나 상상력의 보고다. 온갖 생생한 비유는 어떤 시인도 범접할 수 없다. 특히 로마서의 문체를 생각할 때가 많다. 내가 쓰는 글은 애당초 말씀과는 비견되지 않는다. 천양지차라는 말로도 표현할 수 없다. 역동적으로 살아 움직이는 말씀 앞에 무릎을 꿇는다.

나는 '무익한 종'이라는 말을 자주 묵상한다. '긍휼'이라는 말 앞에 고꾸라진다. 이 땅의 모든 일은 긍휼 없이 이루어지지 않는다고 나는 굳게 믿고 있다. 그래서 '겸손'이라는 덕목을 가슴에 새기며 산다. 내 주여 내 발 붙드사 그곳에 서게 하소서, 라고 늘 간구한다. 소망의 항구, 소원의 나라에 이르기까지 '이 땅이 지나감의 형적'임을 잊지 않는다. 그러므로 이 땅에 발붙이고 사는 그 누구든지 모두 순례자인 것이다.

4.

아버지를 생각한다. 그는 흐르는 구름처럼 사셨다. 현실적이지 않았다. 해방 전후의 사람들이 다 그렇듯이 많은 고초를 겪었다. 예순 몇 해의 삶은 신산이었다. 마지막 무렵, 곁에서 몇 년 동안 병으로 시달리던 모습을 지켜보던 나로서는 고통의 나날이었다. 나는 지금 아버지보다 더 많은 세월을 노 저어가고 있다. 놀라운 일이다. 긍휼 없이 일어날 수 없는 기적이다.

학창 시절 나는 몇 가지 점에서 아버지처럼 살지 않겠다고 다짐했고, 그것을 실천하기 위해 무진 애를 썼다. 그러나 시 쓰기와 그 다짐은 배치되어 혼란을 자주 겪었다. 잘

이겨낸 것은 함께 사는 이의 도움이 컸다. 그 고마움을 어찌 말로 다 하랴. 신앙의 길을 걷게 된 것은 금상첨화의 일이었다. 시가 영혼을 구원하지 못한다는 사실을 예수 그리스도를 구주로 영접하면서 깨닫게 되었다. 회심 이후 나는 오로지 십자가만 우러러 볼 뿐이다.

얼마 전 펴낸 가사시집 『설미인곡』에 수록된 「천로역정가」는 신앙고백이다. 가감 없이 썼다.

5.

예술은 미의 추구다. 시는 더 말할 것도 없다. 나는 아름다움 앞에 사족을 못 쓴다. 끝까지 바라본다. 그 존재가 내 앞에서 멀어질 때까지 눈을 떼지 못한다.

절경은 흔히 자연의 아름다움을 두고 말한다. 절경을 만나면 입을 벌리고 눈을 동그랗게 뜨고 그 경이로움 앞에 혼절할 듯하다. 그보다 더 아름다운 것은 역시 사람이다. 사람의 아름다움을 형용하는 말로 나는 '자태'를 즐겨 쓴다. 그래서 '뒤태'라는 말도 생긴 것이다. 자태가 참 곱구나, 라고 하면 모든 것이 일시에 해결된다. '자태'에는 그의 내면도 포함되어야 마땅하다.

아름다움을 좇으면서 열권이 넘는 시조집을 펴냈다. 시

는 미의 결정체다. 시를 통해 미를 체현하기 위해 수천 편의 시를 썼다. 그러다가보니 내가 쓴 시들은 거개가 사랑 시편이다. 사랑을 노래하기 위해 태어난 사람처럼. 이것은 내 체질이다. 체질에 가장 알맞은 길을 걸었던 것이다. '에워쌌으니'라는 어휘가 가장 치열하게 쓰인 곳이 시편 118편이다. 나는 오래 전 그 대목을 읽으면서 사랑 시편을 꿈꾸었다. 단시조 「에워쌌으니」가 생산된 배경이다.

6.

사람은 환경의 지배를 받는다. 글 쓰는 이에게는 더욱 그렇다. 보고 듣는 것에서 감흥을 받아 글을 쓴다. 그래서 발품을 부지런히 팔아야 한다. 여행만큼 좋은 것이 없다. 그렇지만 기행 시편은 빛나기가 어렵다. 본 것을 오랫동안 묵혀두었다가 한참 경과한 이후 붓을 들어야 하다. 다녀와서 바로 옮기다보면 풍경을 그리는 데까지 머물고 만다. 풍경 속에 내면을, 감정을, 생각을, 꿈을, 상상을 혼융시켜야 한다. 그렇지 않으면 무미건조해진다. 두 번 읽고 싶지 않게 된다.

그러나 때로 풍경만 잘 그려도 드물게 오랜 여운을 안기는 아름다운 시가 되는 때가 있다.

7.

무학산을 자주 오른다. 해가 지기 두어 시간 전이다. 늘 동행하는 벗이 있다. 십년 간 함께 살고 있는 음이띠다. 연갈색 푸들이다. 여자 애다. 하루 중에 나와 가장 많은 이야기를 나눈다. 보듬어 안고 눈빛으로 대화할 때 그지없이 행복하다. 나이가 꽤 들었지만 아직도 굉장히 활동적이고 힘이 세다. 끈 잡고 따라 가다보면 힘껏 당길 때 육중한 내 몸이 쉽게 끌려간다. 이 애가 가장 좋아하는 것은 밥이나 간식이 아니다. 산책이다. '산'이라고만 말해도 펄쩍펄쩍 뛴다. 어서 나가자고 소리친다. 사흘을 굶어도 산책은 하루에 한번 이상 꼭 해야 한다. 비록 줄에 매였지만 산책은 그에게 날개를 다는 일이다. 집에서 가까운 무학산은 음이띠의 놀이터로 제격이다. 사람이 없을 때 풀어놓으면 천지사방으로 배회한다. 가끔 가다가 뒷발차기도 한다. 보얀 흙먼지를 일으키며 발차기를 하는 모습을 볼 때마다 사랑스럽기 이를 데 없다. 멀리 달려가다가도 내가 가지 않으면 다시 돌아서서 찾으러 온다. 동그랗게 뜬 두 눈이 아주 맑다. 어느 날은 높이가 650미터 쯤 되는 용지봉을 함께 올라갔다 온 후 저녁 무렵부터 밤늦게까지 기절한 듯 누워 있는 것을 보았다. 체력이 완전히 소진된 것이다. 눈을 내리깔고 혼곤히 잠든 모습이 흡사 어린아이 같았다.

외출하고 돌아오면 현관 유리문에 두 발을 올리고 반긴다. 혼자 하루 종일 있어서 무척 외로웠다고 금방 발라당하면서 사랑을 호소한다. 꼭 보듬어 안아주면 행복에 겨워한다. 퇴직 이후 음이띠와 보내는 시간이 제일 기쁘다. 서로 사랑하고 있기 때문이다.

8.

글을 쓰면서 많은 이들을 만났다. 동행이었다. 속 깊은 이야기를 나누는 동지도 다수 생겼다. 20년, 30년 변함없는 이들과의 교류는 그 자체로 기쁨이다. 공통의 관심사에 대해 의견을 주고받으며 사는 것은 한없이 복된 일이다. 우리 겨레의 유전자나 다름없는 시조 창작의 길에서 만난 이들은 소중하다. 하루도 안부를 모르면 궁금하다.

대학에서 글쓰기 수업을 10여 년간 하면서 우리나라 교육제도에 대해 생각해 보았다. 특히 입시제도는 많은 문제점을 안고 있다. 구조적으로 해결하기 어려운 난제다. 입시에 시달린 세월을 건너온 학생들은 강의 시간에 제시한 새로운 시 텍스트를 읽고 놀라워했다. 한 권의 시집을 읽는 동안 기쁨과 설렘을 느끼며, 치유를 경험했다고 말했다. 시의 힘이 세다는 것을 알아차린 것이다.

초 · 중 · 고등학교 때는 물론이고 대학에 들어와서도 일정 분량의 시를 찾아 읽는 일을 해야 한다. 팍팍한 삶에 시는 청량제이기 때문이다. 좋은 시는 상상력을 작동시켜서 삶에 활력을 안긴다. 꿈을 꾸게 한다. 모진 세상을 이기는 길은 시에 있다. 바쁠수록 시와 가까이 해야 한다. 가장 비현실적인 것이 가장 현실적일 수 있다. 그 사회가 시민사회가 되기 위해서는 문학을 읽어야 한다. 시와 동행해야 한다. 텔레비전의 숱한 프로그램들은 모두 시와는 거리가 먼 것들이다. 그 프로그램들이 우리 사회를 획일화시키고 어쩌면 하향 평준화시키고 있는지도 모른다.

모두를 바보스럽게 만들고 있는 것이다.

9.

『코브라』를 펴낸다. 내 자신도 전혀 생각하지 못한 제목이다. 이번 시조집이 그동안 출간한 책들과의 차별화가 무엇인지 물으면 답할 말은 없다. 이 시점에서 마음을 다 쏟아 썼기에 그것으로 짐을 더는 느낌이다. 『오백년 입맞춤』 이후 2년만이다. 인터벌이 짧다고 말할 수도 있겠다. 그러나 치열하게 살면서 뜨겁게 썼기에 기간은 문제될 것이 없다고 생각한다.

쓰는 그 자체가 사는 것이다. 궁구의 끝은 알 수 없다. 그러므로 쓰고 또 쓰면서 천천히 행진할 것이다. 한 걸음 한 걸음 부단히 전진하는 자가 천재라고 누군가가 말했다. 그러나 문학에서 천재는 없다. 다만 나아가기를 주저하지 않는다면 그는 어떤 한 봉우리 근처에 마침내 이르게 될 것이다.

10.

네가 끊임없이 나인 것을 나는 쉼 없이 숨 쉬면서 느낀다. 그것으로 족하다.